Marina Peters

Une Croisière Steampunk Chaude

Plus de Marina Peters

Si vous souhaitez en savoir plus sur l'auteur et ses autres livres, rendez-vous sur **marinapetersbooks.com**.

Also by Marina Peters

How to Generate and Earn Royalty Income
A Steamy Steampunk Cruise
Rare Gemstones and Unknown Precious Stones
Un Caliente Crucero Steampunk
Une Croisière Steampunk Chaude

Watch for more at https://marinapetersbooks.com.

CHAPITRE UN

"Non, j'ai - oui, oui, j'ai les documents", dis-je en regardant dans le dossier, dont j'ai aussi besoin en ce moment pour m'éventer.

J'adore le Brésil, mais Santos est extrêmement chaud ce matin.

"Bien sûr - non, pas vraiment. Je suis actuellement dans la file d'attente pour l'embarquement et Ah ! oui ! J'ai parlé à Marie pour reporter la réunion - oui, exactement". Je parle et il rit, il exige et je livre.

M. Johnson n'a pas à se plaindre de moi. Nous avons une bonne relation parce que je suis ponctuel et discret dans mon travail, que je fais toujours de manière excellente. Cette fois-ci ne sera pas différente, enfin, j'espère... si je ne meurs pas de chaleur avant.

Je suis déjà la deuxième experte comptable à travailler sur cette ligne de croisière. Il semble que quelqu'un ait négligé quelque chose, puisque le vieux Johnson a décidé de m'employer ici ; moi, son adorable arme secrète. Je sais que quelque chose a mal tourné ici. La personne responsable a été très prudente par le passé, si bien que l'examinateur préalable ne l'a pas découvert. Eh bien, je ne suis pas l'autre examinateur.

Dès que l'appel est terminé, je tape sur l'asphalte avec la semelle de ma parfaite chaussure blanche, en attendant sans fin sous le soleil de ce beau pays tropical. Le Brésil, béni par Dieu et beau par nature ; c'est du moins ce que dit la chanson connue. Je déplace mon poids d'une jambe à l'autre et pose tour à tour le dossier rempli de documents sur ma tête et l'utilise comme un sombrero ou je m'évente. Les deux tâches entraînent le même stress brûlant. Super idée d'être la dernière de la file, d'avoir le temps d'observer tous ceux qui montent à bord et de dessiner une carte mentale de l'équipage et des passagers. Mauvaise idée d'observer ces personnes sous un soleil de plomb.

Je n'ai pas peur si quelqu'un s'arrête derrière moi et devient le nouveau dernier de la file.

Je ne me suis pas retournée pour regarder avant, mais lorsque la voix grave et veloutée me perce les tympans et me souhaite un séduisant "Bom dia", je déplace légèrement mon cou vers la gauche, regarde du coin de l'œil et inspecte un homme de grande taille.

Mon portugais n'est pas très bon, et bien sûr, sa taille, combinée au doux son de sa voix et à l'odeur fraîche qui émane de son corps, même sous cette chaleur, m'a légèrement distraite. Bien sûr, je vote pour l'éducation et réponds à ses paroles par un hochement de tête positif et un sourire à peine esquissé.

Je suis presque sûr qu'il m'a souhaité une bonne journée, mais s'il avait dit qu'il me jetterait du bateau en pleine nuit, en pleine mer, j'aurais été d'accord et je ne l'aurais jamais su.

"*Está calor, não* ?" Il parle à nouveau et je me retourne complètement.

Grand, cheveux courts et yeux en amande, soulignés par des joues bronzées par le soleil ; il porte un short avec une chemise beige moulante assortie, un ton qui tranche délicieusement avec la couleur chocolat de sa peau. Le personnage, qui me regarde avec un doux sourire, est la preuve vivante que Dieu existe et qu'il est - apparemment - sud-américain.

Ma bouche s'assèche immédiatement.

"*Oh, euh... Eu não entendo muito sua língua*" Je ne bégaie pas beaucoup, mais mon accent n'est pas naturel. J'essaie de dire que je ne comprends pas sa langue. Il rit et sa pomme d'Adam rebondit de haut en bas, ce qui me brûlerait certainement les joues. Le rire est léger, agréable et sans la moindre connotation négative.

"Je vois, je suis désolé ; j'ai dit qu'il faisait chaud aujourd'hui". Il se fait tout de même comprendre et me parle en anglais. J'acquiesce et hausse les épaules pour qu'il comprenne que ce n'est pas un problème. "Je m'appelle Pedro".

"Enchanté, Pedro" ; je lui serre la main. "Alors, un grand fan de steampunk ?", je demande. Un tel homme ne me semble pas du tout chercher la grâce dans les technologies primitives alimentées par la vapeur.

Il regarde le bateau et je fais involontairement la même chose. La longue et imposante carcasse, peinte en noir avec des détails en bois, de la toile blanche et beaucoup de cuivre, me fait presque penser à un dirigeable, une sorte d'Astronef et c'est beau. Le pont renforcé abrite une piscine, suffisamment grande pour que j'en profite définitivement lorsque je ne suis pas au travail.

Je ne sais pas grand-chose de la décoration intérieure ; je ne me souviens pas de ce que j'ai vu dans les documents que j'ai reçus avant la croisière. Mais je vois cette croisière comme une autre expérience thématique que je vais faire. La croisière est annoncée comme une croisière sur le thème du steampunk.

Bien que toute la constellation semble trop amusante pour ne pas attirer mon attention, le fait que le sujet semble venir d'une autre époque m'intrigue plus que de raison et je trouve tout ce qui concerne l'expérience à venir pittoresquement charmant.

Pedro entame une conversation et en quelques minutes, je connais déjà sa relation avec le sujet : il est journaliste et photographe, il travaille pour un magazine en ligne et s'occupe particulièrement de la section "Conseils de voyage", dans laquelle il rédige des descriptions de voyages. Ils prennent cette croisière comme exemple de destinations intéressantes qui ne sont pas à la portée de la plupart des gens. Il dit qu'il adore voyager et que c'est la partie qu'il préfère dans son travail. J'ai réussi à m'identifier à certaines de ses propres expériences et, bien que je ne sois le poète de personne, j'ai indiqué que je voyageais aussi beaucoup pour mon travail et que j'aimais les destinations de vacances exotiques. Il m'en dit plus sur sa vie ; qu'il est originaire d'une ville touristique au bord de la mer dans le nord-est du Brésil. Dans cette partie, je n'écoute qu'à moitié et j'essaie de me souvenir de la dernière fois où j'ai vécu certaines des choses qu'il a mentionnées. Je réfléchis un peu à mon pays et à ma ville d'origine. New York. C'est un peu chaotique, sans hamacs, eau de coco fraîche et froide ou jus de canne à sucre après une course sur la plage, mais c'est ce que j'appelle chez moi.

Je pense à prendre des vacances dès que ce travail sera terminé.

"Alors, qu'est-ce que tu fais ?", demande Pedro, me tirant de mes rêveries.

"Je suis expert-comptable, responsable d'audit, mais mon rêve serait de travailler comme serveuse dans un Hooters", plaisante-je. Ses yeux, qui étaient auparavant très respectueux, clignent maintenant vers le bas le long du contour de mes bretelles spaghetti, admirant ce qui est exposé de mes seins, malgré le fait que mon t-shirt en couvre la majeure partie. Il est cependant ajusté et souligne la silhouette de ma ligne de front.

"Si tu me permets de le dire, je pense que tu aurais de bonnes chances". Si quelqu'un d'autre avait dit cela, j'aurais été alarmée, mais il m'avait déjà gagnée avec son sourire et je l'accepte donc. Mis à part cela, du haut de mes trente-neuf ans, le fait d'attirer encore l'attention des hommes me fait me sentir bien. Non pas que je sois vieille, poilue et rance.

Je ne suis pas si grande, ce qui donne à Pedro un énorme avantage sur moi, et je vois maintenant comment nos cultures nous ont créés si différents. J'ai de longs cheveux blonds et mes yeux me donnent l'impression d'être suédoise, contrairement à sa peau noire et aux deux lacs de miel que sont ses yeux.

La file d'attente avance et nous prenons des chemins différents. J'ai été heureuse et surprise de constater que nous nous sommes parlés tout au long de la file d'attente et qu'à la fin, il y a la promesse d'un déjeuner ou d'un dîner commun.

Après toute la bureaucratie de l'enregistrement dans le navire, du remplissage des formulaires, de l'enregistrement et de l'écoute de toutes les instructions que j'ai déjà entendues de nombreuses fois, je pars à la recherche de ma cabine. Ce faisant, je me promène tranquillement dans les espaces communs du navire pour admirer la décoration du bateau.

Tout est très détaillé, le bois parfaitement sculpté des meubles, et les pièces de cuivre, de cuir et de marbre donnent l'impression que tout est parfaitement organisé, comme si le vaisseau venait directement d'un autre espace-temps, et j'ai soudain l'impression d'avoir lu un livre de Cherie Priest ou d'avoir voyagé dans le Nautilus lui-même. Il semble que les choses viennent d'un monde high-tech. Je fais une croisière sur la croisière, jeu de mots voulu, et j'explore la zone de pont avec sa majestueuse piscine et ses milliers de chaises longues, son bar de piscine et ses espaces de détente. Je vois différents types de machines à vapeur, presque victoriennes. Des sifflets Becca et des horloges qui remplacent votre électronique quotidienne moyenne et inondent chaque aspect du lieu, faisant même paraître mon débardeur normal et mon pantalon sur mesure déplacés.

Tout le vaisseau a été plongé dans un esprit pré-industriel et même si je doute que ces appareils fonctionnent vraiment ou aient un but, tout a l'air très romantique et plein d'émotion ; il est difficile de ne pas être excité.

Il n'est donc pas étonnant que cette croisière soit la plus chère de cette compagnie.

Je trouve enfin mon chemin jusqu'à ma chambre et marche dans le couloir, fatiguée, car je n'ai guère dormi après mon vol. Lorsque je me retourne pour passer ma carte de chambre et entrer dans la confortable pièce, je constate qu'elle est assez grande pour deux personnes et qu'elle offre beaucoup de place pour mes affaires. Les détails décoratifs dans les parties communes s'intensifient à l'intérieur des cabines et me font penser que j'aurai d'énormes difficultés avec de simples installations sanitaires en raison de l'énorme quantité de tuyaux et de vannes. Heureusement, je parviens tout de même à me doucher tranquillement. Après m'être installé, je rencontrerai le capitaine, le directeur général et tous les autres responsables du fonctionnement du navire. Plus vite ils me rencontreront et plus vite je pourrai commencer à travailler, mieux ce sera.

La passerelle de commandement est comme toutes les autres, remplie de boutons, d'écrans et de volants de navigation et de mes pièces préférées, des hommes en uniforme. Ici, on ne voit rien du thème steampunk du reste de ce magnifique navire. Le capitaine est le premier à se retourner lorsque la personne polie qui m'a amené à la passerelle de commandement m'annonce.

J'ai décidé de ne pas mettre de costume, car même si c'est amusant de se mettre dans l'ambiance, j'ai pensé que le mieux pour cette initiation était de mettre mes vêtements habituels.

Avec un sourire amical, il retire sa casquette et la place sous son bras gauche. Il se présente comme "Capitaine Charles Roberts, à votre service". Il est grand, son costume bleu fait ressortir ses yeux verts autant que ses traits fermes Il a l'air mûr, amical et encore plus jeune que je sais qu'il l'est vraiment. Au milieu, ses cheveux lisses sont séparés par une raie. Les deux côtés tombent comme du sel et du poivre.

Je lui serre la main avec la même intensité. "Audit manager Monica Jackson, je suis ravi de vous rencontrer". Il sourit à nouveau et entame une brève conversation sur l'importance de mon travail sur le navire. Je suis chargée de vérifier que les règlements et les directives approuvés par le conseil d'administration sont appliqués sur les navires afin de renforcer les aspects de sécurité et de réduire le risque de fraude dans l'organisation.

Puis un homme se retourne pour m'accorder enfin la grâce de son attention. Des cheveux courts et gras, un uniforme froissé et une fine moustache, une montre en or hors de prix et des chaussures italiennes. Son visage est tanné et me rappelle un personnage de thriller des années soixante-dix, ou simplement une version laide, stupide et antipathique de Danny Devito dans "Matilda".

"Mlle Jackson", commence-t-il avec un sourire forcé sur le visage, et ce n'est rien d'autre que bizarre pour moi. "Je suis le directeur général Mike Bryan", il hausse les sourcils et je fronce les sourcils. Allez... qui prend au sérieux un type qui s'appelle Mike Bryan ? "Ma tâche principale consiste à gérer tous les aspects du service hôtelier et du service aux passagers". Il explique brièvement ses tâches et c'est plus que suffisant, puisque je décide de ne pas avoir affaire à lui plus que nécessaire, à moins que cela ne soit indispensable à mon travail ici. Ses projets semblent toutefois différer et il me tient la main un peu plus longtemps que nécessaire après m'avoir serré la main, en continuant de parler : "N'êtes-vous pas trop jeune pour être directrice d'examen ? Et aussi si belle ? Vous devriez travailler comme mannequin et ne pas vous occuper de toute cette paperasse" !

Oh, génial ... ce commentaire fait s'allumer quelques feux rouges chez moi, bien que je sois surpris par l'audace dans ses mots. Ce qu'ils signifient me choque, sans parler de la colère.

"Eh bien, je voulais juste me présenter pour que vous sachiez que c'est moi qui vais vous tester pendant cette croisière. Bon, je ne vais pas vous déranger plus longtemps, ces engrenages en bronze ne vont pas tourner tout seuls". J'ai ainsi clarifié une fois de plus ma position professionnelle sur le navire, je serre à nouveau la main du capitaine, mais je passe sur le directeur général.

"Votre sens de l'humour est incroyablement précis !" Dit Mike avec un rire hilare. "J'aime les gens drôles".

Alors baise un comique, mec ... Jésus-Christ.

Le capitaine Charles m'envoie un regard d'excuse après avoir levé les yeux au ciel aussi fort que je viens de le faire moi-même. Je quitte les lieux sans un mot.

UNE CROISIÈRE STEAMPUNK CHAUDE

Je retourne dans ma cabine pour examiner les informations financières de l'entreprise et éradiquer toute vision que mon cerveau a enregistrée de l'inconfortable adjoint du capitaine. Je m'assois sur mon lit et commande le service de chambre, j'ouvre mon 'moteur d'analyse' et je suis prêt à tout examiner et à tout optimiser J'ai accès à tout. L'objectif est de déterminer si des fraudes ont été commises quelque part sur ce navire. Grâce à la surveillance globale des coûts de tous les navires, la compagnie maritime a des indices que quelque chose ne va pas sur ce navire.

Pendant le déjeuner dans ma cabine, il n'y a pas eu d'événements particuliers. Mis à part quelques chiffres qui n'avaient aucun sens, il n'y avait que des livres et de la piccata avec du poulet au citron, et après avoir travaillé un peu plus, je suis arrivé à une pause bien nécessaire et je me suis allongé un moment. Je me suis réveillé au coucher du soleil, qui baignait ma cabine dans l'orange, car j'avais laissé la porte de mon petit balcon ouverte. Avec une humeur différente, bien meilleure, je décide de travailler sur mon costume pour le dîner, car j'ai déjà vu que la plupart des passagers ont changé leur tenue habituelle pour être en accord avec le thème. Depuis que nous sommes entrés dans le bateau, les vrais passionnés sont reconnaissables de loin.

Et c'est ainsi que je passe les cinq premiers jours de la croisière à travailler dans l'espace, à interviewer le personnel et à rencontrer le capitaine et son équipage pour comprendre les lacunes dans les documents qui apparaissent malgré une bonne organisation et une bonne exhaustivité Un manque d'informations à certains endroits où certains aspects ne concordent tout simplement pas. Il me manque des personnes à interviewer, dont l'un des cuisiniers et le directeur général lui-même, qui me semble tout simplement trop occupé. Cela ne me dérange en aucun cas, car autant que je puisse éviter la présence de cet homme, je le ferai. Je me suis occupée de lui quand je l'ai rencontré, et j'ai même traversé les mauvais moments où il me regardait fixement au petit-déjeuner et où même ma salade de fruits avait mauvais goût.

Lorsque je n'assume pas mes fonctions de responsable d'audit et de nouveau fan numéro un de steampunk et tout ce qui a trait à ce thème, je profite des arrêts que fait le navire pour quitter le bateau et sortir dans le monde. Ces escapades à terre me distraient un peu du fait que, jusqu'à présent, je n'ai malheureusement pas encore fait de progrès pertinents avec mes examens, c'est-à-dire que je n'ai pas encore trouvé d'indices concrets de ce qui semble être une fraude. Malheureusement, ces sorties à terre ne résolvent pas le problème, mais j'ai maintenant trois nouveaux sacs, un collier en or et le plus beau bracelet en argent que j'ai jamais vu de ma vie. En plus de cela, j'ai trouvé deux magnifiques stylos plume qui coûtent plus cher qu'une bonne montre-bracelet, et bon maintenant je suis plus pauvre de quelques milliers de dollars, mais au moins je peux signer mes rapports avec la classe d'un Montblanc. C'est un vieux vice que j'ai pu maintenir sans problème jusqu'à aujourd'hui. Mais est-ce vraiment ma faute si la nouvelle collection de Gucci est si bonne ?

Je rencontre Pedro à quelques reprises pendant les repas. Le deuxième jour, nous déjeunons et au début de la première nuit, nous nous voyons sur le pont. Il avait l'air cool avec ses bottes de cow-boy et sa ceinture d'artisan. Le troisième jour, je l'ai rencontré au petit-déjeuner et il m'a invité à dîner avec lui le jour même. Cela aurait été génial si sa personnalité avait été aussi belle que son visage et son corps. A la fin de la soirée, je me suis promis de ne plus jamais accepter d'invitation à écouter pendant deux heures un homme portant un polo corail et un short rouge à carreaux.

Ce soir, c'est la longue robe gothique victorienne couleur champagne que j'ai choisie. La partie supérieure se compose d'une chemise aux manches évasées et de magnifiques détails en dentelle pour mettre en valeur ma poitrine et créer un beau décolleté, accompagnée du corset en cuir le plus serré que j'ai jamais porté de ma vie. D'accord, mais je n'ai pas non plus porté beaucoup de corsets. Le corset est orné de boucles métalliques et de broderies. Le tissu de ma robe descend jusqu'à mes chevilles et ce que je pensais être une nuisance s'avère être la meilleure partie : une ouverture qui commence au début de mes cuisses et s'étend jusqu'au genou. Après, ce sont de hautes chaussettes noires et mes bottes en cuir à talons hauts.

Je ne suis pas assez courageux pour porter un chapeau haut de forme, car le temps est encore bien trop chaud pour cela et il y a un peu de vent, ce qui me fait penser que le chapeau va s'envoler de ma tête. Je vois cependant plusieurs messieurs qui luttent contre la chaleur et portent des combinaisons trois pièces très détaillées avec un chapeau melon et des lunettes de protection. L'un d'eux me sourit alors que je les suis dans le long couloir. Malheureusement, il serait une grande distraction pendant un voyage où je souhaite passer la majeure partie de mon temps à travailler. L'audit porte sur la planification, la méthode, les faits, les procédures, les contrôles, les risques et la gestion, mais pas sur de mignons pirates du ciel avec des lunettes de protection. Cela me fait penser à Pedro, et je me demande à quoi pourrait ressembler son déguisement.

CHAPITRE DEUX

N'ayant pas particulièrement faim, j'emprunte le chemin le plus long pour me rendre dans la zone du restaurant et observe tout le monde autour de moi. La décoration qui imprègne le lieu ne cesse de me surprendre. Le soleil tropical est haut dans le ciel et indique que c'est déjà la fin de l'après-midi et que le bateau va partir Nous atteignons un beau rythme en direction de notre prochaine destination. Je m'appuie sur le rail métallique du pont, le ciel est teinté de ces magnifiques reflets safran que seule la pleine mer peut offrir, ma robe vole au gré du vent et mes cheveux sont en désordre. Ce cylindre semblait être une bonne idée pour maintenir ma crinière en place. Je regardais l'eau en contrebas, ne pensant pas à me suicider comme Rose, mais vénérant le reflet du soleil dans le bleu profond, lorsque je sentis une main se poser sur mon épaule.

"Jésus-Christ ! Tu m'as fait une peur bleue ! " Je crie après avoir regardé par-dessus mon épaule pour mettre un visage sur le coupable.

Pedro.

"Tu profites de ta cabine ?" Demande-t-il, amusé, en m'offrant le sourire le plus radieux de tous les temps. "Je ne t'ai pas vu l'après-midi".

"J'ai travaillé et j'ai fait une sieste, j'ai profité de la paix", j'explique. "Comment vient ton article ?"

"C'est notre cinquième jour ! Bien sûr, je n'ai pas encore commencé", me lance-t-il d'un air enjoué. C'est dans ces moments-là, parfois en discutant avec des collègues ou des connaissances, que je réalise à quel point je suis compétente dans mon travail, que je fais tout dans les temps et que je ne gaspille pas toutes les possibilités d'arriver à mes fins. Je m'apprête à commenter son manque de productivité, mais il reprend la parole : "Si je ne me trompe pas, vous me devez un repas".

"Je te dois un repas ? Nous nous sommes rencontrés sur le pont et tu as simplement dit : "Nous devrions avoir un bon dîner et des boissons. J'en ai marre de te voir à mi-chemin de ton martini et de te supplier pour un déjeuner". Je réponds en me rappelant la dernière fois que nous nous sommes rencontrés et comment il se tenait tout grand et sûr de lui dans son déguisement, comment il a atteint mon menton avec son long index et son pouce et m'a fait le regarder alors que j'étais distrait par mon téléphone pour répondre à quelques e-mails.

Il ignore mon commentaire, m'envoie juste un sourire et commence à avancer sur le chemin. Cela ne me dérange pas de prendre le temps d'évaluer sa garde-robe, un costume vert bras avec une armure en cuir détaillée qui semble un peu lourde, avec un sablier. Il est accroché d'un côté de la ceinture et, de l'autre, il porte des lunettes de protection à monture dorée et des gants.

Pedro m'ouvre la porte du restaurant et rapproche ma chaise pour que je puisse m'asseoir dès que nous aurons trouvé une table décente, avec toute la galanterie qu'il peut se permettre. Nous nous asseyons en silence pour vérifier les menus, et je suis amusée de voir ma robe s'enrouler autour de la chaise et la dévorer. Il y a un mélange de musique live, de légers bavardages et de cliquetis de métal sur de la céramique.

UNE CROISIÈRE STEAMPUNK CHAUDE

"Pas question qu'il te suive !" Je ris et crache presque ma boisson. Parler à Pedro est trop facile, il est drôle, poli et éduqué. Nous n'avons fait que partager nos histoires d'amour embarrassantes. "Eh bien, ma ... laisse-moi voir, j'ai rencontré ce type dans un magasin, je cherchais un haut à porter sous ma tenue d'escrime, et il s'est approché de moi et m'a demandé de l'aide pour acheter un cadeau d'anniversaire pour sa sœur", avant que je puisse continuer à parler, il a levé une main devant sa poitrine.

"Excuse-moi, mais tu viens de dire que tu faisais de l'escrime ?" Son expression choquée était délicieuse.

"Je sais que ce n'est pas l'art martial habituel. Mais c'est mieux qu'un homme qui te court après t'être déguisée en femme au carnaval !" Je me moque de lui et de son histoire de tout à l'heure. Il lève les yeux au ciel et me jette sa serviette.

"Je lui ai dit que j'étais un homme, je ne sais pas pourquoi il a insisté !" se défend-il. "Mais s'il te plaît, continue, maintenant je ne veux pas te contrarier et risquer que tu me poursuives avec ton épée".

"C'est en plastique, mais peu importe, le fait est que d'une manière ou d'une autre, j'ai accepté son invitation à prendre un café et quelques jours plus tard, nous avons eu un autre rendez-vous, peu de temps après, nous étions dans son appartement. Et les choses se sont un peu échauffées, quelqu'un entre dans l'appartement ; nous l'entendons depuis la chambre. Lui, le lâche qu'il est, ne m'a pas dit que c'était sa copine ! Alors elle claque la porte et crie : "Je le savais" ! Juste devant mon visage, j'ai demandé qui elle était et quand elle me l'a dit, j'étais tellement en colère que j'ai frappé le gars au visage ! Et le pire, c'est qu'elle portait la chemise que j'avais choisie dans le magasin ! Pedro a éclaté de rire et a dû utiliser sa boisson pour avaler la nourriture avec laquelle il a failli s'étouffer de rire.

"Bon, j'étais en train de te raconter comment je suis sorti une fois avec une femme en ligne. Un jour, alors que nous nous rencontrions en vrai, elle m'a demandé de l'aider à décharger le coffre de sa voiture. J'ai découvert qu'en plus de la caisse remplie de livres de sa mère, elle avait trois autres caisses remplies de godemichés et de toutes sortes d'autres jouets sexuels. Mais l'histoire est loin d'être aussi bonne que celle, embarrassante, de ta deuxième femme, qui plus est fraîchement prise en flagrant délit". Il raconte et rit et je souris, amusée par son histoire et encore plus lorsque j'essaie de l'imaginer, si grand et imposant, avec une caisse remplie de jouets anaux et de crème lubrifiante comestible.

La nuit avance, aussi légère qu'elle puisse l'être, nous avons mangé et, en plus des histoires, nous avons partagé le dessert et les boissons. Nous avons même dansé sur la musique live de la banque. Avant que je ne le réalise, nous étions déjà en train de faire le tour du pont, de nous baigner les pieds dans l'eau de la piscine et de tenir nos chaussures à la main lorsque nous avons regagné nos cabines.

"Voilà le mien", ai-je dit alors que nous atteignions mon pont. J'ai gardé la porte de l'ascenseur ouverte et j'ai attendu qu'il dise quelque chose ou même qu'il m'embrasse pour me dire bonne nuit ; peu importe ce qu'il choisissait.

"Je te raccompagne à ta cabine", dit-il en se détachant de la paroi miroir de l'ascenseur et en sortant à son tour. C'est juste à ce moment-là que je découvre qu'il n'avait même pas appuyé sur le bouton de son pont.

UNE CROISIÈRE STEAMPUNK CHAUDE

"Oh, tu n'es pas obligée," je commence, non pas que cela me dérange, mais il n'y a qu'un court trajet et je ne veux pas solliciter Pedro davantage si ce n'est pas nécessaire.

Il fait signe que "si quelqu'un emmène une dame dîner, il doit aussi la raccompagner en toute sécurité jusqu'à sa porte". Il dit cela avec douceur et pose sa grande main sur mon dos. Je ne me plains pas.

"Eh bien, puisque nous faisons cela à l'ancienne, je peux aussi bien t'inviter à prendre un café dans ma cabine". Je dis cela alors que nous atteignons la porte de ma cabine, qui n'est littéralement qu'à environ trois mètres de la porte de l'ascenseur. "Alors, ... mon chevalier aux lunettes de protection brillantes, tu veux entrer" ?

Je lève les yeux des lunettes de protection accrochées aux poches de son costume vert et il lève également les yeux et sourit "Bien sûr, madame".

Je passe la carte dans la serrure de la porte et nous accueille tous les deux dans ma cabine. Pendant que la porte se referme derrière moi, je me dirige vers le mini-réfrigérateur et, en chemin, je range mon ordinateur portable et mes dossiers dans un tiroir. Ce n'est pas comme si j'avais sur moi les codes d'une arme nucléaire ou autre, mais Pedro n'a pas non plus besoin de voir les détails de mon travail ou les informations sur la gestion du navire. "Bon, j'ai menti... je n'ai pas de café ici. Mais j'ai de l'eau gazeuse, de l'eau plate et du jus d'orange... qu'est-ce que je vous sers ?", lui demande-je en prenant une bouteille d'eau gazeuse pour moi et en lui tenant la porte du réfrigérateur pour qu'il puisse regarder à l'intérieur et prendre sa boisson.

"Qu'est-ce que tu as pris - oh, je n'ai jamais eu d'eau gazeuse, tu sais". Son aveu fait grandir mes yeux jusqu'à la taille d'une balle de tennis.

"Quoi, tu n'as jamais bu d'eau gazeuse ?" Je ne sais pas si je suis encore assez sobre après tous mes verres, mais je lui demande "Tu veux goûter maintenant ? Je te promets que ce n'est pas sans goût".

"Je ne sais pas, ça ne m'a jamais semblé bon, mais sûr," dit-il en s'approchant d'un pas. Mais avant que je puisse saisir une nouvelle bouteille, sa main est plus rapide et ferme le réfrigérateur derrière moi. Un sourire doux caresse sa bouche et je ne sais pas si c'est le steak ou sa soudaine proximité qui fait sentir à mon nez son parfum surprenant, mais mon corset me semble plus léger autour de ma taille. "C'est bon ?" Il se penche en avant, touchant les miennes de ses lèvres si délicatement qu'il est difficile de savoir si cela se produit ou non.

Je pourrais m'inquiéter du pour et du contre de mon hochement de tête affirmatif à sa question. Mais en toute honnêteté, je sais que peu importe comment je raisonne avec moi-même, je finis toujours par suivre mes instincts physiques.

Rien ne va plus ici.

"Oui," murmure-je, non plus en l'attendant, mais en réduisant moi-même la distance entre nous. Ma bouche trouve lentement la sienne et nous nous unissons dans un baiser chaud et innocent.

Tout d'abord

CHAPITRE TROIS

Les mains de Pedro trouvent leur place sur ma hanche, agrippant avec plus de force, tandis que les doigts d'une de mes mains s'accrochent à son dos et que les doigts de mon autre main jouent avec les boucles de ses cheveux courts. Le baiser est passionné, calme et tout ce que je pourrais souhaiter. Ses lèvres douces se fondent dans les miennes et un gémissement agréable s'échappe de sa gorge dès que je laisse sa langue s'exprimer et initie un baiser profond et gourmand. "Tu as raison, ça a bon goût", dit-il pendant le baiser. Les mots sont à peine audibles, comme un murmure léger et lointain qui sort de son corps et ébranle la structure du mien.

Je me soumets complètement, en soufflant chaque fois qu'il interrompt le baiser pour reprendre son souffle. Mais c'est désagréable quand il presse à nouveau ses lèvres contre les miennes. Il augmente la cadence en attaquant encore mon cou et ma clavicule avec ses baisers.

Bien que je le connaisse depuis près d'une semaine et qu'il semble être un type vraiment sympa - pas comme tous les dragueurs de club moyens avec lesquels on a une aventure d'un soir minable - je ne peux pas nier à quel point c'était précipité. Non pas que je me sente dévergondée ; je suis célibataire et je sors avec un homme que j'ai rencontré quelques jours auparavant et, pour autant que je sache, embrasser quelqu'un n'est pas l'un des plus grands péchés.

Je me demande ce qui pourrait arriver si nous continuions à nous embrasser. Mais elles s'évanouissent lorsque Pedro mord doucement ma lèvre inférieure et la suce tendrement. Je halète et suis inévitablement emportée par la chaleur qu'il me donne et par la façon dont ses lèvres bougent avec les miennes.

J'ai souvent entendu dire que les Brésiliens étaient passionnés, qu'ils avaient Dieu dans le cœur et le diable sur les hanches, et vu la façon dont Pedro me tient les hanches et a son autre main dans mes cheveux, je peux le confirmer. D'un bref mouvement de ses articulations, il fait pivoter nos pieds et me laisse dans sa position précédente. Il commence à me faire reculer ; une tâche difficile compte tenu de ma longue robe et de la différence de taille. Je dois me hisser sur la pointe des pieds pour atteindre sa magnifique bouche. Au bout d'un moment, je sens mes jambes toucher le lit et je me laisse tomber sur le matelas, l'entraînant avec moi par le revers de son costume, tout en commençant à attaquer sa nuque.

Nous partageons une autre série de baisers humides et longs, les siens habiles et ceux qui étourdissent la langue. Des pensées fiévreuses, le reflet de la lune sur sa peau luisante - et j'en veux plus, j'en ai besoin.

Les baisers sont profonds, son corps flotte au-dessus du mien et c'est maintenant du pur plaisir et de la chaleur. Nous passons une grande partie en silence, nous regardant l'un l'autre, essoufflés, haletants, mais ne perdant pas de vue la pénibilité que l'oxygène a soudain signifiée. Je l'embrasse brièvement sur les lèvres et lui dis "ça a vite dégénéré, non ?". Je tiens toujours son costume, mais une de mes mains joue avec ses cheveux rebelles.

"Je ne veux pas paraître pervers, mais j'y ai pensé depuis que tu as essayé de me parler en portugais pendant la planche", admet-il, et je sens mes joues devenir encore plus chaudes et lumineuses, avec le rouge de Noël qui colore sans aucun doute ma peau maintenant. "Je suis désolé si c'est trop tôt, ou quoi que ce soit, je ne voulais vraiment pas être intrusif".

"Non ! Quoi - c'est... J'ai beaucoup aimé, vraiment", lui dis-je avec mon sourire le plus encourageant et compréhensif, même si je pense que c'est plutôt difficile à faire quand mes lèvres sont rouges, gonflées et avides des siennes.

La nouvelle fait s'agrandir et s'assombrir les yeux de Pedro, si cela peut effectivement aller plus loin. Il me regarde d'un air malsain avant de dire "ça ne te dérange donc pas si je le refais ?". Et alors que je pensais qu'il ne pouvait pas être plus sexy, il m'embrasse lentement, obtenant de moi un gémissement d'approbation.

Bien assez tôt, nous reprenons le même rythme affamé qu'auparavant, nous dévorant l'un l'autre comme les deux amants affamés et sous-alimentés que nous sommes. "Tu as si bon goût", murmure-t-il contre mes lèvres, en faisant descendre ses baisers le long de mon cou. Il pose ses mains sur mes seins, "et cette robe... pas étonnant que tous les yeux de la salle aient été sur toi toute la nuit".

Avec un grand sourire d'oreille à oreille, je parviens à m'allonger sur lui et à lui retirer sa combinaison petit à petit en continuant à l'embrasser. Pendant ce temps, Pedro est occupé avec ses mains indécises, ne sachant pas où elles doivent aller, explorant mes hanches et mon dos. Dieu merci pour mon corset victorien.

Sa chemise est enlevée, si bien que je suis assise sur ses hanches, les jambes de part et d'autre de son corps, admirant la silhouette nue de son corps bien sculpté. Il sourit diaboliquement entre ses larges épaules, ses biceps puissants et sa poitrine massive, prend place lui aussi et trouve mes lèvres avec les siennes, tandis que ses mains travaillent à se débarrasser de mon corset. Il y avait trop de tissu entre nous.

Dès que je ne suis plus qu'en sous-vêtements et que je suis libérée de la longue robe qui nous a engloutis sur le lit, les yeux de Pedro s'agrandissent à la vue de mon corps à moitié nu, ce qui renforce mon ego et rend ma succession de baisers langoureux encore plus agréable pour lui dès que je commence à m'enfoncer dans toutes les intentions de satisfaction. Ses yeux ne quittent jamais l'image de mes fesses en dentelle dans les airs, tandis que je m'avance sur les genoux jusqu'à la ceinture de son pantalon, ce qui lui arrache un gémissement de satisfaction : "Tu es si belle". J'ai détaché sa ceinture de cuir, en prenant particulièrement soin de ne pas abîmer ses bijoux, et je l'ai imaginé en train de se battre contre un méchant avec son pistolet à six coups.

"Espèce de veinard."

Un grognement, un son animal quitte sa bouche alors que je libère sa queue du boxer et que je l'observe claquer contre son ventre dur. Un halètement presque innocent s'échappe de ma bouche lorsque je vois la longueur impressionnante de son membre.

Je le lèche de bas en haut après avoir déposé un petit baiser sur son gland, ses mains trouvent leur chemin vers mes cheveux, caressent ma nuque et guident mes mouvements, ce qui me pousse à l'absorber entièrement, "oui... comme ça, continue comme ça, bébé", murmure sa voix rauque tandis que je fais tournoyer ma langue autour de son membre palpitant. "Mon Dieu, Monica... ta bouche me fait tellement de bien autour de moi".

UNE CROISIÈRE STEAMPUNK CHAUDE

Son dos se cambre et je m'arrête immédiatement, car je ne veux pas qu'il éjacule maintenant et gâche tout le plaisir. Pedro semble s'en apercevoir et, avec des perles de sueur qui coulent sur les côtés de son front, il me regarde et me rapproche jusqu'à ce que nous soyons poitrine contre poitrine et il enroule sa main puissante autour de ma taille relativement petite et fait rouler nos corps pour qu'il vienne sous lui pour la deuxième fois. Nos peaux sont un contraste de vanille et de chocolat qui fait transpirer.

"C'est mon tour", il prend les bretelles de mon soutien-gorge entre ses dents et le fait glisser sur mes épaules, laissant apparaître l'un de mes seins, Pedro l'embrasse, suce doucement ma peau, et tandis qu'il me fait haleter, parce que mon mamelon est roulé et légèrement pincé par son pouce et son index pendant qu'il lèche et souffle sur mon cou, il fait de même avec l'autre sein avant de respirer l'odeur de la peau entre mes deux seins, " comment est-ce possible que ta sueur ait un goût de fraise et de champagne ?"

Je ris, sa voix est étouffée par la petite pièce qui, Dieu merci, est d'une taille parfaite. Pedro me libère de ma culotte et de ma raison, m'embrasse entre mes plis, ses deux mains s'accrochent à mes seins, apparemment sa partie préférée jusqu'à présent. Des ongles émoussés grattent doucement la peau veloutée de mon ventre et je vois qu'il se propulse en masturbant sa queue, en même temps il lèche, suce et mordille mon clitoris et remue mon entrée avec sa langue, entre-temps je suis un vrai fouillis, avec mes boucles blondes sauvages sur le visage et partout sur les coussins, et je le supplie de continuer. "Caralho...", jure-t-il dans sa propre langue, et rien qu'à la façon dont sa voix est rauque et dont il accentue le R du mot, je pourrais venir de moi-même, et il le sait, "tu veux venir, bébé ?". J'acquiesce, incapable de former des mots corrects.

Pedro arrête ses mouvements, se penche à nouveau à hauteur de mes yeux, "Je n'ai pas de préservatifs", avoue-t-il, en soupirant et en baissant la tête.

"Je prends la pilule ... s'il te plaît, baise-moi".

Avec cette nouvelle information et son consentement, il ne perd pas de temps à me pénétrer aussi fort et profondément qu'il le peut. Mes murs ont du mal à s'adapter à sa taille, il me dilate complètement et me remplit de plaisir. Je ne sais pas comment les gens des chambres d'à côté n'ont pas frappé à ma porte pour se plaindre du bruit que nous faisions, mais je m'en fichais, il n'y avait aucun problème à ce qu'il me donne un tel plaisir qui dominait complètement mon corps, ses doigts agiles masturbant mon clitoris jusqu'à ce que je m'effondre sous lui. Une fois, deux fois, et il ne pouvait plus le retenir, l'épuisement a pris le dessus et est venu en moi, hurlant dans mon oreille comme une bête, un enchaînement d'injures dans différentes langues qui non seulement sonnaient très sexy, mais me faisaient aussi rire de plaisir.

Pedro reste un moment la tête sur mon épaule, complètement épuisé, embrassant paresseusement mes clavicules et chuchotant de douces futilités qui résonnent dans ma poitrine et servent de douce berceuse qui empêche mes paupières de s'ouvrir. Je suis à peine réveillée lorsqu'il se retire de moi et je sens son sperme suinter de mon entrée et faire un plus gros bordel entre mes cuisses. Comme si les quatre fois où j'ai joui en giclant ne suffisaient pas à mouiller les draps, ils sont maintenant collants.

"Tu t'endors sur moi, Gatinha ?", me demande-t-il en me faisant sourire parce qu'il m'appelle "minou" en portugais.

"Non !", j'essaie de mentir et d'éviter sa question en fermant simplement les yeux à nouveau, mais aussi stupide que cela puisse paraître, je ne peux pas m'empêcher de rire, encore défoncé par tout ce plaisir.

"Oh ... super alors".

Je ne pourrais jamais raconter à la perfection ce qui s'est passé, parce qu'une seconde j'étais dans le lit avec le corps de Pedro comme ma couverture, et l'autre il me portait avec une facilité impressionnante, ne s'arrêtant que lorsque nous étions tous les deux sous la pomme de douche, où il a allumé le jet d'eau froide, me donnant presque une crise cardiaque. La douche était géniale, mais pas si grande que ça pour deux personnes, surtout par rapport à Pedro, qui était aussi grand qu'une tour et prenait pas mal de place. Il commença à appliquer lentement du savon autour de mes épaules tout en caressant mon corps flasque, trop distrait pour fixer les gouttes d'eau qui descendaient le long de ses muscles abdominaux et atteignaient sa ligne en V, son intimité nue qui était toujours impressionnante de grandeur, même en berne.

"Tu es vraiment adorable quand tu es fatiguée et mouillée, tu le sais ? Avec ces joues rougies et ce nez rouge", dit-il et je l'embrassai tendrement, nos mouvements petits, négligés et à peine présents.

"Tu n'es pas mal non plus, tu le sais, non ?" ai-je demandé, il a hoché la tête d'un air gêné, montrant ainsi qu'il ne voulait pas poursuivre la conversation. Il m'embrassa à nouveau et bientôt Pedro et moi eûmes un deuxième tour directement dans la cabine de douche, mes jambes autour de sa taille et mon dos contre le carrelage froid, tandis que je recevais ses coups excités en moi et que l'eau se trouvait entre nous.

CHAPITRE QUATRE

J'ai ouvert les yeux ce matin-là pour faire face à cette fichue lumière qui entrait par les rideaux que j'avais laissés ouverts. Encore une fois.

Ce n'est pas que j'ai mal dormi, en fait c'était plutôt agréable, car le contraste entre le corps chaud de Pedro contre le mien et le froid de la climatisation sur ma peau exposée m'a permis de m'endormir rapidement et m'a donné un grand sentiment de légèreté et de paix. Mais j'ai fait d'étranges rêves, quelqu'un avec une étrange imagination que j'avais déjà vu dans les couloirs du navire, un médecin de la peste, avec un long masque sur le nez et des lunettes de verre sombre, un chapeau haut de forme noir, peu décoré de plumes sombres, et une longue cape noire, cette personne est entrée dans la chambre pendant que Pedro et moi dormions, et a fouillé dans certaines de mes affaires, comme si elle cherchait quelque chose à l'infini. L'image est encore très réelle dans mon esprit, de la créature qui est entrée par le petit balcon de la chambre donnant sur l'extérieur du bateau, comme si elle avait sauté d'un balcon à l'autre pour entrer dans mon dortoir et piller mes affaires. Tout était si réel que, lorsque j'ai ouvert les yeux, j'ai douté pendant quelques secondes que tout cela était le résultat de mon cerveau fatigué et j'ai regardé autour de la chambre d'un air confus, mais rien n'indiquait que tout était vrai.

Pedro s'est retiré dans sa chambre après avoir utilisé ma salle de bain, et nous nous sommes retrouvés pour le petit-déjeuner. Déjà plus organisé et sans costume froissé, chemise déboutonnée ou chaussette manquante. Après cela, nous ne nous sommes pas beaucoup vus, je suis retourné à mes obligations et lui aux siennes, pour enfin écrire l'article qu'il aurait dû commencer depuis longtemps. Bien que le réveil avec l'inspection de son corps nu ait été une expérience optimale, nous savions tous les deux que ce qui s'était passé était quelque chose qui ne serait jamais défini par un mot qui ne soit pas 'informel'. Ce flirt estival avait été très amusant, mais nous ne pouvons pas faire semblant de nous retrouver après cette croisière pour jouer à Olivia Newton-John et John Travolta.

Cette période en mer semblait s'éterniser, j'essayais de conclure mon travail, mais cette épreuve n'était en effet pas facile. Je m'amusais bien, mais le sentiment d'être loin du compte commençait à me peser.

Le plus éclairant dans tout cela (à part la croisière), c'étaient les réunions avec le capitaine, car il semblait être le seul à m'aider vraiment à faire des progrès, petits certes, mais des progrès quand même. Et Dieu merci, le directeur général n'était nulle part en vue. C'est inquiétant, car j'ai encore quelques questions à lui poser, mais moins je le vois, mieux c'est pour ma santé mentale.

Et juste au moment où je quittais la pièce où le capitaine et moi étions en train de discuter, quelque chose d'étrange s'est produit.

C'était avant le changement d'équipe de certains employés, et l'un d'entre eux, Ron si je ne me trompe pas, entre dans la pièce, un peu essoufflé.

UNE CROISIÈRE STEAMPUNK CHAUDE

"Il s'est passé quelque chose", dit-il avec un accent du sud, il y a une acuité, quelque chose que je n'arrivais pas à cerner, enfin... jusqu'à ce qu'il dise que "selon nos registres, plus de cinquante pilules ont disparu du pyxis du centre médical du vaisseau hier après-midi", il respirait fort, comme s'il avait couru un marathon pour venir nous le dire.

"Pyxis ?", je me renseigne. "Comme la constellation ?"

"Oui, c'est un système automatique de distribution de médicaments, il aide à contrôler l'approvisionnement et augmente également la sécurité, car certains médicaments, généralement ceux contre la douleur, contiennent des anesthésiques. Il faut un code pour y accéder". Le capitaine a donné une brève explication et j'ai hoché la tête.

"Vous avez réuni tout le personnel responsable et le personnel médical de la croisière, je suis venu vous chercher. Vous aussi, Mme Jackson", Ron fait passer son regard du mien à celui du capitaine et nous le suivons dans les couloirs du navire qui mènent au lieu de la réunion.

Génial, c'était déjà difficile de marcher avec mes vêtements trop longs, imaginez que vous couriez presque à travers les couloirs et que vous rencontriez encore un équipage de bateau presque tous déguisés selon le thème. Il manquait quelques personnes aux commandes, car le navire ne pouvait pas s'arrêter, et d'après ce que j'ai vu, nous devrions chasser le personnel pendant son temps libre pour savoir qui c'était. Pourquoi ai-je à nouveau choisi cette robe et cette ceinture avec la boussole ?

Presque tous ceux qui comptaient étaient là, à l'exception de quelques personnes et de l'adjoint du capitaine, le directeur général. Eh bien, je le sais, parce qu'à l'heure qu'il est, il serait certainement en train de faire une blague idiote sur la situation ou de m'agacer avec ses dragues idiotes d'âge moyen.

Nous avons commencé une brève enquête. Et la première chose que nous avons faite a été de vérifier la caméra de surveillance de la pièce où se trouve l'appareil, et comme je le soupçonnais, la caméra avait un "défaut" à ce moment-là. Personne n'est aussi stupide... c'est pourquoi des gens comme moi sont là. La personne chargée de surveiller les caméras m'a dit que c'était déjà arrivé une fois, qu'ils avaient longuement essayé de réparer l'image hier après-midi et que lorsqu'ils ont retiré la caméra pour la faire fonctionner à nouveau ou la remplacer par une autre, l'incident avait déjà été signalé. Comme nous n'avons pas eu de succès dans ce service, nous avons décidé de passer à l'étape suivante : interroger le propriétaire du code utilisé pour accéder au Pyxis : Docteur Conrad.

En moins d'une demi-heure, le médecin nous a informés qu'il n'y avait pas eu d'incident médical hier après-midi et que le Pyxis n'avait jamais été utilisé par lui, puisque ce n'était même pas son service. Il a affirmé avoir passé son temps libre au restaurant en déjeunant, puis être allé dans sa chambre pour faire une sieste avant son prochain service, qui aurait lieu la nuit du même jour. Eh bien, cela expliquait pourquoi il était un peu grossier, le pauvre n'avait même pas dormi ! Nous avons accédé aux autres caméras de sécurité et avons pu voir clairement des images du Dr Conrad déjeunant et une autre de lui descendant le couloir menant à sa chambre, à l'heure marquée sur l'appareil que les narcotiques avaient été volés. "Moi ? un pilulier ? Oh, s'il vous plaît !" Dit-il, extrêmement vexé.

Donc, si ce n'est pas lui, quelqu'un a utilisé son code pour y avoir accès.

UNE CROISIÈRE STEAMPUNK CHAUDE

En plus des interrogatoires, nous avons vérifié les caméras de sécurité qui ont fini par servir d'alibi à beaucoup, des tests de dépistage de drogues ont été mis à la disposition du personnel et maintenant nous devions simplement attendre les résultats et continuer à essayer de trouver des explications raisonnables pour combler les lacunes.

Il n'y avait aucune raison d'importuner les passagers, nous l'avons compris en regardant à nouveau les images des caméras. D'abord parce qu'il n'était pas faisable de se promener et d'interpeller tout le monde sur le bateau à ce sujet. À côté de cela, il y avait aussi le risque de déclencher la panique chez les gens qui ne pouvaient pas profiter de leur voyage parce qu'ils pensaient qu'un quelconque voleur, pilulier ou dealer de drogue menaçait le séjour sûr qu'ils étaient censés avoir ici. En plus de la vérification du profil de tous les passagers, nous n'avions personne qui puisse être notre junkie potentiel. Deuxièmement, parce que nous avons vu que seulement trois fois un passager s'était rendu au centre médical, un homme souffrant d'une forte constipation, un cas d'insolation et une diarrhée, et pour aucun de ces incidents le Pyxis n'avait été utilisé. Seul le code du Dr Conrad y était enregistré, aucune des trois infirmières, ni l'autre médecin, ni personne d'autre. Tous étaient ailleurs, tous avaient un alibi et il n'y avait même pas d'empreinte digitale sur le Pyxis, ce qui signifie que notre malfaiteur était assez intelligent pour porter des gants.

Je ne peux m'empêcher de relier ce fait aux informations erronées dans les livres de comptabilité du navire et à tout l'argent qui semble être dépensé mais qui, en fin de compte, ne l'est pas. Quelqu'un détourne probablement l'argent du navire et vole des stupéfiants.

Après la messe, je retrouve le capitaine Charles à son poste habituel. J'essaie de ne pas heurter les boutons de la console, je m'y appuie et j'observe l'expression sérieuse et inquiète de son visage. Avant que je puisse dire quoi que ce soit, il est plus rapide et dit

"Je sais... cela a quelque chose à voir avec tous ces chiffres élevés et le manque d'informations dans nos dossiers".

Je hoche la tête et regarde dans le vide et l'écran devant nous.

"Vous avez des soupçons ?" Je demande ; le capitaine Charles est intelligent, il a peut-être fait quelques rapprochements.

Il me regarde avec un sourire chantant et je réalise à quel point il est vraiment beau, non pas que je ne l'avais pas remarqué avant, mais je crois que le stress de cette nouvelle situation m'a touché.

"Tu sais Monica ... c'est déjà arrivé, une fois lors de notre dernier voyage, je me souviens d'une longue escale quelque part en Europe, et nous avons dû acheter une grande quantité des mêmes produits". Il prend une grande inspiration et se passe la main dans les cheveux. "À l'époque, personne n'y faisait vraiment attention, nous avions quelques passagers âgés et les incidents médicaux étaient un peu plus fréquents, mais maintenant que j'y pense ... il n'est pas possible qu'un médecin donne autant de Tramadol à un homme de soixante ans, cela n'a aucun sens. "

C'est vrai, il n'y a pas tant de médicaments avec ce degré d'addiction qui sont utilisés aussi fréquemment dans un cas où les incidents sont généralement des cas de coup de chaleur et d'allergie à des aliments exotiques. De plus, l'utilisation de ces médicaments est extrêmement contrôlée et leur distribution n'est prévue qu'en cas d'urgence grave.

UNE CROISIÈRE STEAMPUNK CHAUDE

"C'est vrai ... euh, monsieur, vous avez vu le directeur général ? Je dois encore lui parler".

"Je n'ai pas vu Mike depuis hier soir, c'est bizarre, d'habitude il est toujours là".

"Oui, sauf quand je dois lui parler", je souffle, je me pousse du comptoir et je lui dis au revoir.

Je rencontre Pedro sur le pont et il m'invite à nager. Eh bien, à ce stade, je n'ai pas grand-chose à apporter à la résolution du problème, alors une distraction peut me faire du bien.

"Alors, tu as fini ton rapport ?" demande Pedro alors que nous nageons près du bar de la piscine. Bien sûr, je ne lui ai pas dit de quoi il s'agissait.

"Non, tu as fini ton article ?" J'essaie de changer le sens de la conversation et il semble comprendre.

"Tu vas à la fête demain ?" Demain, il y aura une grande fête sur le bateau, pas comme dans les boîtes de nuit qu'il y a tous les soirs, mais une grande fête pour tous les passagers, qui promet beaucoup de nourriture, de boissons, de musique et BEAUCOUP de steampunk !

"Bien sûr que je le ferai, pourquoi ? Tu vas me demander de venir avec toi" ?

"Seulement si tu es un bon danseur", plaisante-t-il en prenant une gorgée de la boisson que j'ai glissée dans sa bouche lorsqu'il a dit que je pouvais commander les boissons pendant qu'il allait aux toilettes.

"Bien sûr que je danse bien ! Tu as déjà dansé avec moi" ; je croise les bras et essaie de prendre un air furieux. Mais ensuite, je ris de l'homme géant qui boit un Cosmopolitan avec son parapluie rose et une cerise sur le dessus.

"Danser sur une chanson lente où tu t'es juste blotti contre mon cou et où tu t'es déhanché d'un côté à l'autre ne compte pas, je parle de la vraie danse".

Il n'était pas nécessaire d'arriver à la fin de cette discussion pour savoir que lui et moi allions probablement entrer en compétition pour savoir qui dansait le mieux.

Pour ma défense, je dois mentionner, maintenant que nous sommes à la fête, après que Pedro soit venu me chercher très chevaleresquement dans ma chambre, que la robe ne m'aide pas beaucoup. Oui, elle dessine très bien mes courbes, mais il est difficile de prouver que je mérite l'honneur de battre quelqu'un dans un défi musical. La robe, avec tout ce tissu, ce cuir et un corset serré, ne facilite pas les choses. Peut-être que pour cela, Pedro passe plus de temps à observer mes seins qu'à analyser mes pas, cela favoriserait ma victoire au concours.

La salle de bal est très bien décorée, les grandes lumières tombent du plafond et sont suspendues à de grosses chaînes en cuivre. Des poulies, des engrenages et de grandes horloges qui sonnent toutes les heures sont accrochés aux murs. Des cheminées industrielles crachent de la neige carbonique et créent un brouillard qui recouvre toute la piste de danse, la cabine du DJ est un dirigeable d'une taille considérable. À côté se trouvent des statues de corbeaux dont les ailes métalliques sont actionnées par des câbles. Tout comme les grandes ailes en toile et en fins tubes de cuivre qui se trouvent sur un mur plus éloigné de la salle. Elles ressemblent à celles que j'imagine avoir servies à Icare pour s'échapper de l'île de Crète.

Le repas est servi par des serveurs costumés, tous avec des moustaches pointues, des chapeaux melon et des gilets et bottes en cuir. Des boissons à thème et des biscuits en forme de toutes sortes d'ustensiles, des barbes à papa brunes qui tournent comme des nuages dorés et de la vaisselle victorienne composent le banquet à table.

La musique s'arrête un instant et le DJ annonce que dans dix minutes, les gagnants du concours de vêtements seront annoncés. Bien sûr, j'ai aussi pensé à le gagner, et j'ai donc passé une partie de mon après-midi à faire des achats au magasin du bateau pour perfectionner mon costume d'homme-revolver.

Pedro était parti depuis un moment pour aller chercher des boissons et il est revenu avec deux verres enfumés, des boissons roses chaudes avec de la fumée pétillante qui dansait autour du contenu. Mais ce qui a attiré mon attention, c'est un type qui semblait être partout où j'allais, parmi d'autres danseurs déguisés. Je ne connais pas son apparence normale, son costume de médecin de la peste rendait difficile la reconnaissance de son apparence. Elle ressemblait à celle du rêve étrange que j'avais fait. Même ses yeux n'étaient pas visibles. Il portait un long manteau noir et un encombrant sac en cuir. C'est la deuxième fois de la soirée qu'il semble être près de moi et m'observer, comme un requin qui tourne autour de sa proie.

J'ai profité d'une bonne partie de la fête pour observer également le comportement des invités, et à la fin, j'ai rencontré le capitaine Charles pour avoir des nouvelles de la tentative de découvrir qui avait volé les pilules.

"Alors, j'ai réfléchi", dit Pedro en s'approchant de moi. Je remarque alors que la silhouette inconnue a de nouveau disparu. "Demain, le bateau s'arrête à Caracas, tu y es déjà allé ?".

"Une ou deux fois", je compte pour ne pas avoir l'air snob, et je sirote mon verre, aimant le goût fort et l'effet de la fumée autour de lui, comme de la glace sèche. "Tu as ?"

"Oui, une ou deux fois", rit-il en utilisant mes mots contre moi, "j'ai pensé à aller me promener sur la plage là-bas après le petit-déjeuner, tu veux venir ? Il y a un restaurant qui sert des fruits de mer divins, tu sais ? Et tu pourrais m'inviter à déjeuner pour me récompenser d'avoir gagné le concours de danse".

"Excusez-moi, vous venez d'avoir l'illusion que vous m'avez battue au concours de danse ? Oh, continuez à rêver !" Je lui donne un léger coup de poing dans la poitrine, et Pedro fait semblant d'avoir une douleur absurde, jusqu'à ce que j'admette : "Ok, ok ... je ne suis peut-être pas un aussi bon danseur que toi, mais tout ça, c'est la faute de mes vêtements ! Cette robe aux longues fesses et cette ceinture avec le pistolet ont gâché mes mouvements de robot".

"Ah, je ne pense pas du tout que tu aies été si mauvais - je veux dire, c'est très difficile de me battre dans un concours de danse ? Je veux dire, allez, je suis latino !" sa main rencontre ma taille et cette prise ferme de sa part me fait toujours fondre dans ses bras. "Bon, faisons un marché, c'était un match nul. Je te donne quelques points supplémentaires parce que tu sais à quel point tu peux bouger au lit". Guérissant mon ego blessé, Pedro s'adresse à moi et mord ma lèvre inférieure, qui faisait partie d'une moue vaincue.

Nous commençons un baiser lent et calme sur la piste de danse, sa main glacée enserrant mon visage et provoquant des frissons sur ma peau, tandis que nous faisons doucement bouger nos langues l'une contre l'autre, profitant simplement de la chance d'être dans les bras de l'autre pour le moment. "Je crois que tu dis ça uniquement parce que je pourrais te chasser avec mon épée", dis-je entre deux baisers.

"Eh bien, ça et le fait que je veux t'accompagner dans ta chambre ce soir".

CHAPITRE CINQ

La fête a duré jusqu'au petit matin. Pedro et moi sommes allés dans sa cabine vers deux heures du matin. Lui, très excité après avoir dansé avec moi, corps à corps, s'est finalement laissé aller à plus que ce qui est considéré comme approprié, et lorsqu'il m'a ouvert la porte de sa chambre, ses yeux étaient aussi sombres que la nuit et sa peau scintillait de sueur, et l'odeur d'une eau de Cologne chaude et addictive me pressait contre le tissu, nous isolant du monde.

"D'accord, après ces trois chansons, je dois admettre que tu es un assez bon danseur", admet Pedro, tout près de mon oreille, alors que je me tiens à la porte de sa chambre et que j'observe avec quel ordre il a posé ses bagages sur le sol et ses chapeaux sur la commode.

"Allez ... Je déteste être la personne "je te l'avais bien dit"", je souris comme une écolière stupide qui vient de recevoir un compliment.

"Tu n'as pas à l'être", il se dirige vers son mini-réfrigérateur et l'ouvre, "tu veux boire quelque chose" ?

"Oui ... tu as de l'eau froide ?" Pedro acquiesce, ouvre une bouteille d'eau et la verse dans un verre. Je le regarde aller dans la salle de bain pour se laver les mains avant de revenir prendre de la glace dans un petit seau sur le congélateur et d'en mettre quelques morceaux dans son verre et le mien.

"Merci" ; j'avale une longue gorgée qui, en fait, avale la plus grande partie du contenu et ne laisse que de la glace et un peu d'eau.

"Il fait chaud ici, non ?" demande-t-il, et je sais déjà ce qu'il a l'intention de faire lorsqu'il retire son costume et ses accessoires.

"Oui, ça l'est", dis-je.

Il se rapproche de plus en plus de moi, se penche dans ma direction et je sais que dès que j'aurai goûté à ses lèvres délicieusement douces et fiévreuses, je ne pourrai plus faire marche arrière.

Nous ne cessons pas de nous embrasser, même lorsque nous cherchons à respirer, et les gémissements de Pedro s'amplifient en moi, il presse son corps contre le mien.

C'est tout entre le bourdonnement et le gémissement bruyant lorsque je suis pressée contre son centre et que je sens la bosse dure qui a poussé dans son pantalon à cause du contact.

Pedro saisit mon verre oublié, finit mon eau et prend un glaçon avec deux doigts qu'il place entre ses lèvres. Je le regarde, fascinée, approcher ses lèvres de mon oreille et commencer à frotter la glace sur ma peau, provoquant des chocs sur toute ma chair avec ses mouvements froids et inertes qui font tomber ma tête en arrière.

Je remonte mes doigts le long de ses cheveux, tirant sur ses courtes boucles, tandis que ses baisers glacés descendent le long de ma poitrine et, avec sa petite activité, enlèvent mes vêtements morceau par morceau.

Lorsque mes seins sont libérés de ma tenue de gunfighter, il s'y attarde avec ses baisers, ce qui me fait crier sous lui : "Tu réagis si bien à moi", sa voix est étouffée par la glace, mais je m'en fiche, je réagis bien à lui.

UNE CROISIÈRE STEAMPUNK CHAUDE

Il attrape un autre cube fondant et revient vers mes lèvres indigentes, embrassant plus fort alors que nous essayons de libérer nos corps de nos vêtements, et une fois que c'est fait, Pedro donne un coup de pied dans la pile derrière lui, tous les deux complètement nus, à l'exception de mes mi-bas, dont il a dit qu'il les aimait beaucoup quand il a enlevé mes bottes, mais maintenant il se concentre pour explorer ma poitrine d'une main et ma chaleur de l'autre.

Je n'ai pas d'autre choix que de faire de même, j'attrape son membre et je me masturbe fermement.

D'un mouvement rapide, Pedro me retourne et mes seins s'écrasent contre le matériau froid de la porte, mais je n'ai pas le temps d'y penser une fois qu'il me pénètre complètement par derrière. Mon dos se cambre, mon ventre bascule et mes yeux roulent en arrière sous l'effet du plaisir et de la pression.

Il attrape mes cheveux et les tient, pousse fermement, mais pas assez fort pour me blesser, dans sa direction, me pénètre avec une certaine force, une main frotte des cercles et des huit sur ma fente qui est maintenant si mouillée qu'elle dégouline dans mes cuisses.

"Viens pour moi, princesse", dit-il dans mon oreille, deux mains volent vers mes seins et je gémis. À voix haute.

Pedro maintient le rythme jusqu'à ce que je perde l'équilibre environ trois fois et que je vienne sur son sol, jusqu'à ce qu'il jouisse en moi.

Il porte mon corps inutile dans la douche, où il me lave avec une bouteille de ciel, puis je dérive paisiblement sur lui.

Si tu veux savoir, j'ai terminé deuxième au concours du meilleur costume. Apparemment, une fille nommée Nancy, avec des cheveux roux courts, une frange de travers et des taches de rousseur, avait l'avantage d'avoir cousu tous ses vêtements à la main. Le fait aurait pu me déranger davantage, mais avec les mains de Pedro sur moi à la fin de la soirée, il était difficile de se laisser irriter par son accent stupide lorsqu'elle parlait de la façon dont elle choisissait chaque bouton de son gilet pour représenter quelque chose de différent.

Le petit-déjeuner s'est poursuivi tranquillement, nous étions déjà dans le port de la capitale du Venezuela. Pedro était heureux de me voir me battre avec les crevettes que nous allions manger au déjeuner. Il avait ouvert son carnet de notes sur la table et me demandait de temps en temps des mots pour compléter son article. Pour cela, nous avons mangé des fruits et des croissants et nous nous sommes tenus éveillés avec du café, car nous ne nous étions couchés qu'à cinq heures du matin et nous étions déjà levés à huit heures.

Maintenant, en tenue normale - je porte un short en denim taille haute et un haut violet que j'ai acheté dans une petite boutique où j'ai fait mes courses lors d'une des escales du bateau, avec mon dernier sac Marc Jacobs - Pedro ajuste ses objectifs de caméra pour moi. Il est délicieux dans un button-down vert à manches courtes et un short noir, sans parler de ses slip-on vans sexy sans chaussettes. Il insiste pour prendre plusieurs photos, il dit que comme nous ne nous reverrons jamais, il doit au moins avoir un souvenir de moi. Enfin, ça et à cause de sa menace d'imprimer des CV avec ma photo et de les déposer chez Hooters, ce à quoi il répondra que je peux charger trois plateaux en même temps, mais que je suis trop timide pour postuler pour le job.

C'est à ce moment-là que je me suis arrêté sur le trottoir du port de Caracas, un grand sourire sur le visage et le majestueux bateau derrière moi. J'ai zoomé sur une photo avec l'appareil, j'ai ri d'un senior asiatique qui faisait la grimace derrière moi et d'un garçon qui manipulait une cuisse de dinde à quelques mètres de la scène, mais quelque chose sur la photo a réussi à attirer encore plus l'attention.

"Hé, attends une minute - ça ..." Je m'approche, prudemment, presque lentement, en essayant de me cacher autant que possible, et j'observe ce qui se passe maintenant devant moi. Je reste cependant suffisamment loin pour tout voir clairement. Pedro suit derrière moi avec curiosité, il ne comprend rien et lorsqu'il termine ses questions, je dis : "Je veux juste vérifier quelque chose", et je lui lance un regard prudent.

Non loin de moi, je vois le directeur général Mike Bryan. Un touriste d'âge moyen, terriblement habillé, qui ajuste un sac sur ses épaules et discute avec lui, un homme grand et maigre au visage de peu d'amis. En m'approchant de plus en plus, je vois Mike ouvrir discrètement un sac, maintenant plus clairement. Je vois qu'il est en cuir, porté par une seule poignée sur son épaule, sombre, encombrant et surmonté d'un masque. Un masque médical d'autrefois, un masque de peste !

Un frisson brûlant parcourt ma colonne vertébrale, chatouille les cheveux de ma nuque, contracte mes muscles et me fait respirer difficilement.

"Tu peux me prêter ton appareil photo ?" demande-je à Pedro, qui regarde tout cela avec un certain désintérêt, ne sachant pas trop pourquoi je suis si curieux d'espionner des inconnus qui discutent discrètement et tentent de se cacher.

Il me remet l'appareil sans trop de mots et fronce les sourcils. En même temps, je vise dans la direction du malfaiteur et je zoome monstrueusement, juste pour voir Mike montrer quelque chose dans la poche à l'étranger mince à l'air offensé et en retirer une partie du contenu, de sorte que l'homme y voit plus clair. Je ne peux pas identifier ce que c'est, je vois de l'argent, un gros tas et aussi autre chose, mais la lumière du soleil crée un reflet dans le matériau et il est difficile de distinguer quoi que ce soit d'autre que la forme carrée et la texture déformable.

Le masque de la peste est toujours là, oscillant au gré des mouvements de l'adjoint du capitaine, et je ne peux m'empêcher d'éprouver une étrange appréhension. J'ai déjà vu ce masque trop souvent ici, et je commence à penser que Mike est peut-être impliqué dans tout ce plan d'argent et de drogue.

"Hé, on peut vite retourner sur le bateau ? J'ai vraiment besoin d'aller aux toilettes..." dis-je à Pedro qui tripotait quelque chose sur son téléphone en m'attendant parce que j'étais en train d'espionner. Si on peut appeler ça espionner.

"Tu as peur des crevettes et de la nourriture épicée, Jackson ?", joue-t-il, et je prends quelques photos avec l'appareil photo de mon propre téléphone en m'approchant encore plus près, et je parviens à capturer au moins quelques mouvements bizarres de l'étrange duo que j'observe. Je remercie Dieu de ne pas m'assaillir de questions, je suis soulagé qu'il soit un si bon gars, toujours en paix avec la vie et assez calme pour s'occuper de ses propres affaires.

Avec sa main protectrice sur mon dos, Pedro me ramène au bateau. Je m'appuie sur lui, tout en gardant un œil sur les deux hommes devant moi et en prenant des photos encore plus discrètes d'eux alors que nous nous rapprochons et passons à leurs côtés, Mike dos à moi.

Nous arrivons sans plus tarder sur le bateau et Pedro, qui porte mon sac à main et m'a portée dans la salle de bain presque à la manière d'une mariée, me dit qu'il m'attendra sur le pont. J'acquiesce et dès qu'il est hors de vue, je cours dans la direction où le directeur général a conduit l'homme étrange.

Je suis tous les couloirs possibles, mais je ne trouve aucune trace d'eux et après presque vingt minutes de chasse, je me souviens de Pedro, le pauvre type a dû fondre au soleil sur le pont en m'attendant.

En partant dans l'autre sens, je ne trouve personne non plus. C'est incroyable comme les employés de ce bateau ne se présentent que lorsque je n'ai pas besoin d'eux. Mais je me fais une note mentale pour chercher le capitaine après le déjeuner avec Pedro, pour lui faire part de mes constatations et lui montrer les photos.

Je trouve Pedro sur le pont et je m'excuse mille fois, ce qu'il efface avec son sourire publicitaire de dentifrice et un baiser calme et compréhensif.

Le déjeuner était vraiment génial, le restaurant était charmant, propre et la nourriture était spectaculaire, bien sûr, Pedro a maintenant des millions de photos de moi couvert de crabes et me battant avec l'animal mort, avec ces petits marteaux en bois dans la main. Le dessert était un quesillo classique pour moi et Pedro a commandé un arroz con leche.

Nous nous sommes promené le long de la plage et sommes retournés au bateau après avoir vu quelques attractions touristiques.

Dès que je lui ai dit au revoir, je vais voir le capitaine dans sa cabine et, heureusement pour moi (ou pas), le directeur général est là.

CHAPITRE SIX

"M. Bryan, ça fait un moment que je ne vous ai pas vu", j'essaie de prendre un air désinvolte, mais je ne suis pas sûr que ça marche.

Mike se tourne vers moi avec de grands yeux et ne semble pas remarquer mon regard rétréci, tandis que j'essaie de lire quelque chose dans son comportement. Ce qui est difficile, vu qu'il se comporte généralement de manière étrange.

"Mlle Jackson ... comment allez-vous ? Je suis toujours aussi belle". Même nerveux, il me regarde de haut en bas, presque affamé. Même s'il est méfiant, ce type est un cochon.

"Je vais bien, je cherche le capitaine, savez-vous où il est" ? Il n'est pas trop tard, je suppose, donc le capitaine doit être quelque part sur ce bateau.

"Il est allé aux toilettes, je viens d'arriver", son ton est en partie défensif et je ne comprends pas pourquoi il est nerveux lorsqu'il me donne des informations aussi simples.

"Je vais attendre". Il marmonne des choses que je ne comprends pas, et je suis toujours adossé au mur, attendant que le capitaine donne signe de vie.

Il ne s'écoule pas beaucoup de temps et le directeur général s'excuse, quitte la pièce de sa mauvaise humeur et me laisse seul avec les écrans et les boutons. Je me souviens de la bouteille d'eau que je tenais à la main et commence à siroter le liquide, comme si cela faisait passer le temps plus vite. Je pourrais tripoter mon téléphone, mais sa batterie est presque vide et je veux encore montrer au capitaine les photos que j'ai prises. Un téléphone portable se met à vibrer sur la surface de la table et fait ce bruit de vrombissement qui me dérange les cinq premières fois, jusqu'à ce que je décide que ma curiosité l'emporte et que je vérifie de qui est l'appareil.

Sous l'horloge de l'écran, il y a une photo hideuse de Mike Bryan en tenue de pêcheur et six petites fenêtres de messages non lus, deux d'un numéro inconnu et les quatre autres d'un type nommé Scott.

Inconnu de tous : Vous en avez d'autres ?

On ne sait pas : Si personne ne te soupçonne, pourquoi ne pas aller chercher le nouveau stock qu'ils ont reconstitué ?

Scott : J'ai ça, mais c'est plus cher.

Scott : La cocaïne, mais elle n'est pas pure.

Scott : Quelle est la quantité disponible dans la caisse du bateau ?

Scott : Penses-tu pouvoir faire mieux que ça ?

Ma mâchoire s'arrête sur mon genou, tandis que des picotements parcourent mon corps. La porte s'ouvre et je laisse presque tomber le téléphone, tant je suis effrayé. C'est le capitaine qui me regarde avec surprise.

"Monica, qu'est-ce que tu fais-", commence-t-il, mais moi, sans avoir la force de parler, je ne fais que lever l'écran du téléphone vers lui et il lit tout, les yeux plissés.

"C'est le téléphone de Mike Bryan", je précise, et Charles me regarde comme si le sol était en feu. "Il était juste là, il est parti pendant que je t'attendais, et il l'a oublié ici, il s'est mis à vibrer fortement, et je n'ai pas pu m'empêcher d'aller voir".

UNE CROISIÈRE STEAMPUNK CHAUDE

"C'est ... très étrange, mais ... comme - je n'ai jamais ...", pour la première fois le capitaine semble ne pas savoir quoi dire, et je ne lui en veux pas. Maintenant, tout prend sens, Mike Bryan, l'adjoint du capitaine, le directeur général est responsable du détournement d'argent et du vol de médicaments lourds.

Comment ai-je pu ne pas le remarquer avant ? Certes, ce type est un zombie ambulant, grossier et pervers, mais un voleur et un trafiquant de drogue ? Pourquoi donc ? Surtout quand on a un travail stable comme celui-ci, dans une bonne entreprise et avec un bon salaire. Eh bien, je pense qu'au final, c'est juste un ver de terre cupide et immoral.

"Écoutez", ai-je sorti le capitaine de son état de torpeur et de colère, "je suis venu ici parce que j'ai vu quelque chose de suspect aujourd'hui dans le port de Caracas. J'avais déjà des soupçons sur Mike et tout à l'heure, dehors dans le port, il a parlé à un type bizarre et lui a montré quelque chose qui était dans un sac en cuir.

Je montre les photos que j'ai prises de la scène et je raconte tout au capitaine, depuis le moment où je l'ai vu jusqu'à celui où je ne l'ai plus vu sur le bateau. Je dis que je ne le trouve pas et je vais donc déjeuner - puis, alors que le capitaine veut encore dire quelque chose, Mike entre lui-même et s'assied avec nous.

"J'ai oublié mon téléphone portable - oh, bien, capitaine, Mlle Jackson vous attendait".

"C'est vous qui avez volé les pilules, Mike ? Et êtes-vous responsable de tout l'argent qui disparaît constamment des comptes du bateau ?" Je ne sais même pas pourquoi je demande, son regard confirme tout, surtout lorsqu'il tente de quitter la pièce sans rien dire.

Heureusement, le capitaine est agile et verrouille la porte en même temps. "Mlle Jackson, veuillez appeler la sécurité".

Je fais ce qu'on me dit et contacte le personnel de sécurité du navire via l'interphone de la cabine du capitaine. Mike ne dit rien d'utile, se contentant d'essayer de dire "c'est une erreur" et "non, capitaine ... vous voyez" d'argumenter, même lorsque Charles montre l'écran des messages et les photos sur mon téléphone portable. Le stress est tel que je sens mes mains trembler et mon corps devenir de plus en plus chaud.

Peu de temps après, la sécurité est arrivée et il n'a pas fallu plus que des messages, des photos et une fouille rapide de sa chambre pour découvrir toute la vérité. Mon Dieu, quand on pense que deux jours auparavant, nous nous demandions qui serait assez stupide pour voler de la drogue et de l'argent sur un bateau aussi bien surveillé que celui-ci.

Maintenant, je sais qu'il est très probable que le rêve que j'ai fait il y a quelques nuits n'était pas un simple rêve.

Ils ont découvert que Mike avait détourné de l'argent du bateau pour acheter et revendre de la drogue dans les ports. Il a avoué en détention qu'il avait trois autres fournisseurs et contacts qui lui vendaient de la drogue et lui en achetaient, notamment de la morphine.

Il est maintenant placé en garde à vue sur le bateau jusqu'à ce qu'une directive arrive sur la manière de procéder. Le vieux Johnson se réjouit des nouvelles que je lui envoie et je prends enfin la nuit pour terminer mon rapport et pouvoir profiter du reste de la croisière...

CHAPITRE SEPT

"C'est donc vraiment ce que tu as fait, hein ?", me demande Pedro en s'approchant de moi et en s'asseyant à côté de moi dans le sable.

Hier soir, j'ai fait mon affaire avec le capitaine, de la bureaucratie, alors qu'en fait je voulais que Mike monte sur le bateau pour se faire dévorer par les requins.

"Quoi - qu'est-ce qui a été fait ?" J'étais tellement absorbé par mes pensées de paix que j'ai ignoré la possibilité qu'il sache ce qui s'était passé.

"Ne sois pas si modeste, Gatinha, j'ai entendu dire que tu avais les doigts sur le gars qui a été menotté par la police ou quelque chose comme ça". Je le regarde avec une mine déconfite, et il comprend vite : "Hier soir, je ne t'ai vu nulle part au dîner, et puis l'histoire a circulé sur le bateau qu'un employé faisait ses trucs illégaux sur le bateau, ils ont dit qu'ils avaient fouillé sa chambre avec quelques policiers, le capitaine et une femme blonde très sexy. "

"Ils ont dit ça ?" Je demande.

"Ok, j'ai ajouté la partie sur la blonde très sexy, mais je me suis souvenu que vous aviez mentionné que vous étiez responsable d'audit, et ça a tout de suite fait tilt".

Je parle à Pedro de ce qui s'est passé et nous marchons le long de la plage tout en discutant de l'affaire, côte à côte, jusqu'à ce que nous atteignions une partie moins fréquentée, où le soleil se couche déjà et où la lumière dorée brille sur notre peau et nous réchauffe. Il tenait mes affaires, ma serviette, mes sandales et même mon sac à main dans une main et, de sa main libre, il a entrelacé ses doigts avec les miens.

"Dommage que nous retournions à New York demain", dit-il d'un air rêveur.

"Je me suis beaucoup amusé avec toi, tu le savais ? Je crois que je parle plus portugais que ma propre langue maintenant". Je lui donne un coup de coude dans le bras. Mauvaise idée, ses biceps sont durs comme de la pierre.

Il n'y avait personne aux alentours, même en fin de journée sur une plage des Caraïbes, juste des cocotiers et une vieille cabane en bois et quelques gros rochers ici et là.

Pedro et moi avons parlé et continué à marcher jusqu'à ce que nous arrivions près des rochers.

Je ne sais pas comment ça commence, Pedro et moi sommes assis sur ma serviette et continuons une de nos conversations, complètement insignifiante, mais toujours assez profonde pour être digne d'un album de poésie.

"J'aime que tu saches comment les choses fonctionnent vraiment", dit-il. J'ai l'impression de m'évanouir intérieurement.

Pas de réponse, je l'embrasse simplement, calmement, lentement et douloureusement.

"J'aime que tu ne sois pas doué pour les synonymes et que tu aies besoin de moi pour te donner des conseils".

"Tu me promets de ne pas m'écrire ? Pour que tu ne me manques pas comme un fou", dit-il à mon oreille.

"Seulement si tu promets de ne pas penser à moi à chaque fois que tu danses".

UNE CROISIÈRE STEAMPUNK CHAUDE

Il rit, ce délicieux rire de quelqu'un qui n'a pas de problème et que je peux comprendre, et revient au même rythme, avec le bonheur de quelqu'un qui vient de résoudre un gros problème et qui peut profiter du reste du voyage en toute tranquillité.

"Alors tu as vraiment fait ça, hein ? " me demande Pedro, en s'approchant de moi et en s'asseyant sur le sable à côté de moi.

La nuit dernière, j'ai terminé mon travail avec le capitaine, en triant les formalités administratives, alors que j'avais vraiment envie que Mike monte à bord du bateau et se fasse manger par des requins.

"Quoi – fait quoi ?" J'étais tellement pris dans mes pensées de paix que j'ai ignoré la possibilité qu'il sache ce qui s'était passé.

" Ne sois pas modeste, *gatinha*, j'ai entendu dire que tu avais le doigt sur ce gars qui se faisait serrer la main par la police ou quelque chose comme ça". Je le regarde avec un visage confus et il comprend rapidement, "hier soir je ne t'ai pas vu au dîner nulle part et ensuite l'histoire a fait le tour du bateau qu'un employé faisait ses affaires illégales sur le bateau, ils ont dit qu'ils cherchaient sa chambre avec quelques policiers, le capitaine, et une femme blonde très sexy. "

"Est-ce qu'ils ont dit ça ?" I question.

"Ok, la partie de la blonde très sexy que j'ai ajoutée, mais je me suis souvenu que vous aviez mentionné que vous étiez un responsable d'audit et que la cloche a sonné tout de suite".

J'ai parlé à Pedro de ce qui s'était passé et nous avons marché tout en discutant de l'affaire, côte à côte, jusqu'à ce que nous atteignions une partie moins fréquentée, avec le soleil déjà au zénith, laissant cette lumière dorée briller sur nos peaux et nous réchauffer. Il tenait mes affaires, ma serviette, mes sandales et même mon sac d'une main, ses doigts s'entrelaçant avec les miens de sa main libre.

" Dommage que nous retournions à New York demain", dit-il, un regard rêveur sur le visage.

"J'ai eu beaucoup de plaisir avec toi, tu savais ? Je pense que je connais maintenant plus le portugais que ma propre langue". Je le frappe dans le bras. Mauvaise idée, ses biceps sont aussi durs que des rochers.

Il n'y avait personne autour, même en fin de journée sur une plage des Caraïbes, juste des cocotiers et une vieille cabane en bois et quelques gros rochers ici et là.

Pedro et moi avons continué à parler et à marcher jusqu'à ce que nous nous approchions des rochers.

Je ne sais pas comment les choses commencent, Pedro et moi sommes assis sur ma serviette et continuons une de nos conversations totalement dénuées de sens mais encore assez profonde pour mériter des livres de poésie.

"J'aime que tu saches comment les choses fonctionnent vraiment", dit-il. J'ai l'impression de me sentir fainéant à l'intérieur.

Pas de réponse, je l'embrasse juste, calmement, lentement et douloureusement.

"J'aime bien que tu ne sois pas doué pour les synonymes et que tu aies besoin de moi pour te donner des conseils".

"Promets-tu de ne pas m'écrire ? Alors je ne te manquerai pas comme un fou", dit-il dans mon oreille.

"Seulement si tu promets de ne pas penser à moi à chaque fois que tu danses."

Il rit, ce rire délicieux de quelqu'un qui n'a pas de problèmes et je peux le comprendre, revenant au même rythme, avec l'air de

UNE CROISIÈRE STEAMPUNK CHAUDE

bonheur de quelqu'un qui vient de résoudre un énorme problème et va pouvoir profiter du reste du voyage en paix.

55

À propos de Marina Peters

Marina Peters est directrice d'audit à temps partiel pour l'une des plus grandes sociétés d'audit. Elle aime son travail, toutes les belles choses de la vie et l'écriture. Elle aime son mari et ses deux enfants.

Comme l'écriture est la passion de Marina, elle combine tous les sujets sur lesquels elle est experte avec l'écriture. C'est ainsi que sont nés quelques livres de non-fiction et la série de fiction Martin Muller Audit.

Vous souhaitez peut-être consulter **marinapetersbooks.com** pour en savoir plus.

Other Books By Marina Peters

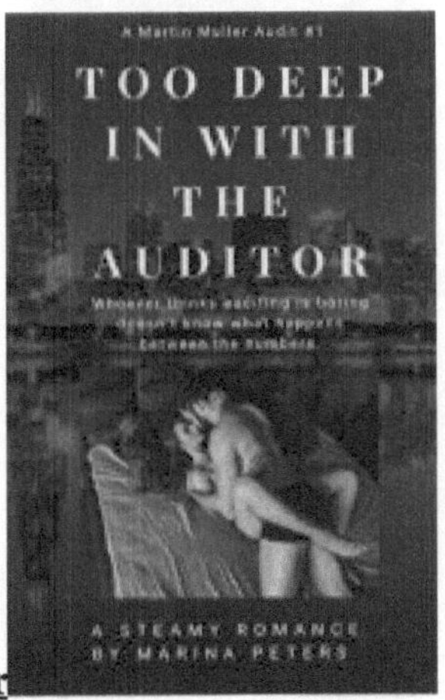

<u>Too Deep In With The Auditor</u>

Martin Muller est un responsable d'audit travaillant pour l'un des plus grands cabinets d'audit. Lors d'un engagement d'audit nouvellement attribué, il est mis au défi de répondre aux exigences de son patron et de gérer les délais. Et puis il y a la séduisante PDG d'une vingtaine d'années de la petite banque régionale qu'il est en train d'auditer cette semaine. Lorsque la porte du coffre-fort de la banque se ferme inopinément et que tous deux se retrouvent enfermés, il fait chaud là-bas...

<u>Comment générer et gagner des revenus de royauté</u>

Apprenez à créer facilement un flux de revenus régulier à partir des royalties.

Le revenu des royalties pourrait devenir la prochaine grande tendance en matière d'investissement en raison de sa très faible corrélation avec les autres classes d'actifs.

Les actions peuvent baisser, mais les gens continuent d'écouter leur musique préférée.

UNE CROISIÈRE STEAMPUNK CHAUDE

<u>Gemmes rares et pierres précieuses inconnues</u>

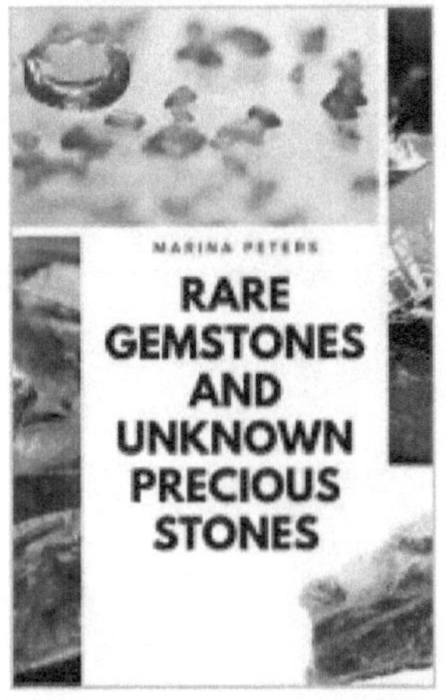

Nous connaissons les diamants, les perles, etc. Mais vous êtes-vous déjà demandé quels autres grands joyaux et pierres précieuses existaient en dehors de ceux que nous connaissons habituellement ? Ce livre vous en dit plus sur eux d'une manière facile à suivre. Vous lirez également quelques histoires sur des pierres célèbres et obtiendrez quelques conseils d'achat.

Une dernière chose

Si vous avez apprécié ce livre ou si vous l'avez trouvé utile, je vous serais très reconnaissant de poster un bref commentaire sur Amazon. Votre soutien fait vraiment la différence et je lis personnellement tous les avis afin de recueillir vos commentaires et d'améliorer encore ce livre.

Merci encore pour votre soutien !
Marina

Don't miss out!

Visit the website below and you can sign up to receive emails whenever Marina Peters publishes a new book. There's no charge and no obligation.

https://books2read.com/r/B-A-XFPL-HTIAC

BOOKS 2 READ

Connecting independent readers to independent writers.

Did you love *Une Croisière Steampunk Chaude*? Then you should read *Rare Gemstones and Unknown Precious Stones*[1] by Marina Peters!

Diamonds, Pearls and so on we know. But have you ever wondered what other great gems and precious stones exist apart from the ones we usually know? This book tells you more about them in an easy to follow way. You will also read some stories about famous stones and get some buying tips.

Read more at https://marinapetersbooks.com.

---

1. https://books2read.com/u/bwdXvO

2. https://books2read.com/u/bwdXvO

Also by Marina Peters

How to Generate and Earn Royalty Income
A Steamy Steampunk Cruise
Rare Gemstones and Unknown Precious Stones
Un Caliente Crucero Steampunk
Une Croisière Steampunk Chaude

Watch for more at https://marinapetersbooks.com.

About the Author

Marina is a part-time Audit Director working for one of the big auditing companies. She likes her job, all the beautiful things in life and writing. She loves her husband and her two kids. As writing is Marina's passion she combines all the topics where she has expert knowledge with writing. Thereof grew some non-fiction books and also the fictional Martin Muller Audit series.

Read more at https://marinapetersbooks.com.